내가 모르는 한 사람

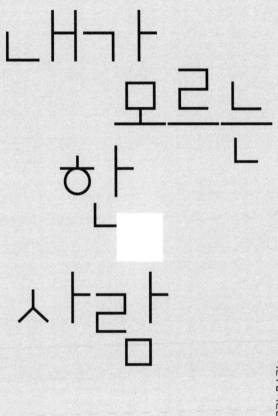

내가 모르는 한 사람

시인수첩 시인선 038

문성해 시집

문학수첩

내 언어가

.

.

.

새의 말이었으면 좋겠다

구름의 유랑이었으면 좋겠다

| 차 례 |

시인의 말·5

1부

2부

3부

해설 | 이병국(시인 · 문학평론가)

1부

뒤태

돗자리 파는 노점 영감님 뒤태가 꼭 김춘수 선생 같다
목이 기름하고 어깨는 조붓하고 키는 중키인
뒤태에 예전에 돌아가신 선생 뒤태가 붙어 계신다

전봇대에 뭔가를 붙이는 사람 뒤에 돌아가신 삼촌이
있고
저수지에 앉아 있는 낚시꾼 뒤엔 큰아버지가 있다
마을 어귀 바위 위에도 어릴 때 잃어버린 백구의 등이
얹혀 있다
이들은 다 한통속으로 앞을 보여 주지 않는다

봄날 오후의 언덕과
축사로 들어서는 염소들 등에도 얹혀 있는 것들

내 뒤에도 누가 붙어사는지
가다가 한참을 뒤돌아보는 사람이 있다

나의 뒤에 내가 모르는 한 사람이 붙어사는 일

나는 그를 위해 밥을 주고 잠을 주고 노래를 준다

이다음 나는 풀잎의 뒤태로 살 것이다
돌아나가는 저녁연기와
강물 위로 뛰어오르는 가물치 등도 좋을 것이다

나의 거룩

이 다섯 평의 방 안에서 콧바람을 일으키며
갈비뼈를 긁어 대며 자는 어린 것들을 보니
생활이 내게로 와서 벽을 이루고
지붕을 이루고 사는 것이 조금은 대견해 보인다
태풍 때면 유리창을 다 쏟아 낼 듯 흔들리는 어수룩한
허공에
창문을 내고 변기를 들이고
방속으로 쐐애 쐐애 흘려 넣을 형광등 빛이 있다는 것
과
아침이면 학교로 도서관으로 사마귀 새끼들처럼 대가
리를 쳐들며 흩어졌다가
저녁이면 시든 배추처럼 되돌아오는 식구들이 있다는
것도 거룩하다
내 몸이 자꾸만 왜소해지는 대신
어린 몸이 둥싯둥싯 부푸는 것과
바닥날 듯 바닥날 듯
되살아나는 통장잔고도 신기하다
몇 달씩이나 님의 책을 뻔뻔스레 빌릴 수 있는 시립도

서관과
  두 마리에 칠천원 하는 세네갈 갈치를 구입할 수 있는
  오렌지마트가 가까이 있다는 것과
  아침마다 잠을 깨우는 세탁집 여자의 목소리가
  이제는 유행가로 들리는 것도 신기하다
  하루가 멀다 하고 닦달하던 생활이
  옆구리에 낀 거룩을 도시락처럼 내미는 오늘
  소독 안 하냐고 벌컥 뛰쳐 들어오는 여자의 목소리조차
  참으로 거룩하다

은빛 자전거에 대한 명상

귀때기 파란 스무 살 청년도 앉아 가고 맥고모자를 눌러쓴 팔십 영감도 꼿꼿이 앉아 간다. 뒷자리엔 아슬아슬 조는 아이도 애 밴 여자도 얹고 가는, 예전에는 보르헤스*도 프란시스 포드 코폴라**도 앉아 가면서 시도 짓고 영화도 지었다는, 묵직한 징 소리 대신 소소한 즐거움으로 일체의 반성과 연민도 없이 찌렁찌렁 귀뚜리처럼 잘도 우는 저것은 아무래도 설운 인간들의 전유물인 듯하다 오늘 은빛의 윤슬을 빛내며 저 홀로 쾌활하기만 한 저것은, 이 행성의 습득물과 유실물들을 다 태우겠단 듯 두 바퀴로 연달아 땅을 간질이며 가는 저것은, 구르고 굴러서 제가 떠나왔던 곳으로 다시 날아가는 저것은

* 아르헨티나의 소설가이자 시인.
** 미국의 영화감독.

서설홍청(鼠齧紅菁)*

아주 예스러운 쥐가
순무를 갉아먹는 그림 앞에서
무즙이 가득 찬 쪼고만 위 하나를 떠올리는 이 심사는
내가 아무래도 뭔가 잔뜩 뒤틀려 간다는 게지

선뜩한 순무즙이 가득 차서
겨울밭 위를 웅크리고 지나갈 그것을 생각하니
내 오장이 냉랭해져 오는 것이
서리나 눈발이 오히려 따뜻할 거란 게지

희고 쨍한 눈의 손바닥 위로
붉은 순무로 가득 찬 쥐 하나가
새끼 밴 배를 밀며 끌며 갈 때
꽝꽝 언 겨울 순무 하나가
기어간다고도 생각했던 게라

순무 한 마리의 걸음이
눈길 위로 붉은 발자국을 남기는 거라고

그건
내 잡다하게 들어 있는 밥통으로는 따라가지 못할 길이라고

보드라운 눈길 위로 맑은 순무의 무게가 옴팍옴팍할 거라는 게지
가도 가도 순무의 길이라는 게지

최북**이 그랬단 게지
홀로 날깃한 뱃가죽을 밀며 끌며 가는
환쟁이 길이
무즙처럼 헛헛하고 술렁거리는 것이
가도 가도 따뜻한 방과는 멀어졌단 게지

* 쥐가 홍당무를 파먹다.
** 최북: 조선시대(18세기)의 화사.

그때의 춤은

내 흔한 여섯 살 때
할머니 비녀와 저고리를 걸쳐 주면
벽에 비친 호롱불 사위에도 그리 춤을 잘 추었다 한다

그때의 춤은
전수(傳受)가 아니라
비나 바람처럼 대기권에서 오는 것이란 걸 어찌 알아
동네 어른들은 눈물이 말라 몸이 가물 때면
어린 나를 호롱불 앞에 세우셨다 한다

호롱불 심지처럼 작은 내가
몇 갑절 큰 그림자를 가락 삼아
불꽃으로 너울거릴 때면
눈 속에 습습한 물방울이 차오르셨다 한다

밤새 들판에 엉겨 붙어 있다가
낮이면 풀꽃들의 줄기나
가는 빗줄기 속에도 누워 있던

그때의 춤은
언덕이나 강으로 홀씨들처럼 흘러 다녔다 한다

아지랑이의 떨림 같고
첫배로 난 짐승의 기척 같은 춤을
나는 한낱 쓸어 담는 그릇이었을 뿐

살비듬 떨어지는 저고리를 벗어 주던 할머니와
그때의 어른들은 어느덧 다 춤 속으로 가고
천지간 각다귀처럼 선 내 육신에 마른버짐 번지는 봄
날

대물림이 아니라
단 한 번의 신내림으로 펄펄 끓는 춤이
오늘은 ㅣ비의 어깻짓에 얹혀 계시는구나
개복숭아꽃 향기로도 너풀거리시는구나

두릅

농아 아저씨 한 분이 갖다준 참두릅
베란다에 둔 채 까맣게 잊고 살다가
어느 날 신문지에서 펴 보니
가시가 잔뜩 세어져 있다

김포문예대학 첫 수업 때
내게 입 좀 크게 열어 말해 달라던 그가
수업 때면 맨 앞자리에서
귀에 두 손을 나팔처럼 대고 엎질러진 튀밥처럼 내 소
리를 쓸어 담다가
언젠가부터는 그마저도 더럽게 안 읽히는지 보이지 않
길래
나는 그가 어느 산비탈 두릅나무에게서
계속해서 시를 배울 것이란 생각을 했다

몸에서 목소리 대신 가시가 나오는
그 두릅나무 선생은 때가 되면
울퉁불퉁 몸엣것을 툭툭 불거지게 내놓으며

달달한 칭찬 대신
날카로운 가시들을 마구 방출할 것이다
맘에 안 들면 아예 벌판 위로 벌렁 내다꽂을 것이다

그 두릅나무 선생이 보내온 가시 앞에
이제야 쪼그리고 앉으니
막 세어지기 시작한 두릅나무 앞에서의
서두르던 기척과
푸르죽죽 두릅물이 오른 손목과
웅웅거리는 불편한 귓속이 보인다
귓바퀴 앞에까지 와서 되돌아가던 새소리도 들린다

버섯

장마 지나간 뒤
땅이 하늘에게 거는 말풍선

그 길고 촘촘한 낙하를
땅이 받았다는 영수증

묽고 비린
비의 현신

누군가는 허리를 굽혀 보게 하는
카운트다운 전의 로켓

오래 끄는
장마의 뒤끝

밖이라는 것

무끈한 사진기를 가슴팍에 멘
사진사는
출사(出寫)를

금빛의 낚싯줄을 높다라니
등에 멘 낚시꾼은
출조(出釣)를

덜거럭거리는 화구를
어깨에 멘 화가는
사생(寫生)을 나가지

또한 낡은 구두의 시인들은
모두
산책(散策)을 좋아했다는

이 모든
빌바닥들의 ㅎ는 복적지인

밖이라는 것

이 들끓는 목적들을
다 품어 주는
이 밖이라는 것

멸종한 공룡들 발자국과
톱사슴벌레 화석들도
밖에선 다 한 식구였지
다 나가서 이루어진 것들이었지

태양의 성지이자
달의 유적지

지구이고
태양계이고
우주인

이 밖이라는 것

어디를 다 싸돌아다녀 봐도
결국은 도달해야 하는
이 나라는 것

두 시간

두 시간은 육신을 태우는 데 걸리는 시간
활화산 같고 천둥 같고 불가사의한 기적이었던 몸이
소실되는 게
하루도 아니고 반나절도 아니고 겨우 두 시간이라니
서럽고 애닳다가도

두 시간이면 영화 한 프로가 끝나기에 적당하고
애인과 밥을 먹고 차를 마시고 영영 헤어지기에도 딱
좋고
목욕탕에서 때를 불려서 씻기에도 충분하더라

한 사람 앞에 억만 시간이 펼쳐져 있어도
몸이 받아들이는 시간은 두 시간이면 족하다는 거

수업도 두 시간이 넘으면 벌써 뒤틀거나 딴생각을 하고
한창 사춘기의 사내아이는 그 시간이면 벌써 수염이
돋아나지

두 시간이면 여자가 배를 뒤틀며 아이를 쏟아내고
꽝꽝 얼었던 냉동고의 고기가 혈관과 살로 되돌아오지

삼촌의 화장이 진행되는 동안
슬픔도 잠깐 간이역에 들르는지
숙모와 사촌들은 몸을 뒤틀며 울다가도

두 시간쯤 지나자
숨도 혈색도 돌아오더니
밥도 떡도 먹고
메시지 확인도 하는 거였다

바구미를 죽이는 밤

처음엔 작은 활자들이 기어 나오는 줄 알았다
신문지에 검은 쌀을 붓고 바구미를 눌러 죽이는 밤
턱이 갈라진 바구미들을
처음엔 서캐를 눌러 죽이듯 손톱으로 눌러 죽이다가
휴지로 감아 죽이다가
마침내 럭셔리하게 자루 달린 국자로 때려 죽인다
죽임의 방식을 바꾸자 기세 좋던 놈들이 주춤주춤,
죽은 척 나자빠져 있다가 잽싸게 도망치는 놈도 있다
놈들에게도 뇌가 있다는 것이 도무지 우습다

혐오도 죄책감도 없이
눌러 죽이고 찍어 죽이고 비벼 죽이는 밤
그나저나 살해가 이리 지겨워도 되나
고만 죽이고 싶다 해도 기를 쓰고 나온다
이깟 것들이 먹으면 대체 얼마나 먹는다고
쌀 한 톨을 두고 대치하는 나의 전선이여
아침에는 학습지를 파는 전화와 싸우고
오후에는 종이박스를 두고 경비와 실랑이하고

밤에는 하찮은 벌레들과 싸움을 한다

누가 등이 딱딱한 적들을 자꾸만 내게로 내보낸다
열기와 적의로 환해지는 밤,
누군가 와서 자꾸만 내 이불을 걷어 간다는 생각,
자꾸만 내게서 양수 같은 어둠을 걷어 간다는 생각,
날이 새도록 터뜨려 죽이는 이 어둠은 가히 옳은가

두루마기에 보자기 쓴 여인을 보다

새해 첫날 교중미사* 가느라 자전거를 타고 가는데
보랏빛 두루마기에 보자기 쓴 여인이 휙 지나간다
어린 시절 저 차림새들은 주로
차부를 향해 어린 손을 부여잡고 종종걸음 치거나
읍내 절에서 새벽 불공을 드리곤 했다
붉은 기운이 두툼한 그 여인들의 손은
떡쌀을 뭉치기 좋을 만큼 큼지막했다

나는 자전거 페달을 밟으면서
꼿꼿한 허리가 들어설 사립문을 힘차게 떠올렸다
빽빽한 아파트촌을 지나
언덕 한두 개는 넘어
여름 낮에도 사람들이 긴팔을 입고 산다는
북쪽 어느 성벽 그늘 많은 집들과
바람이 한창 부수고 있을 흙벽과
이불 속에서 득실거리는 서캐와 함께 사는
검은 머리숱의 아이들도 생각했다

오소리 새끼들처럼 붙어서
새벽 불공을 마치고 오는 발걸음 소리를 헤던 적이 있다
어디쯤 오고 있나
까막까치의 눈으로
버석거리는 두루마기 소리를 기다린 적이 있다

---

* 성당에서 미사예물을 받지 않고 신자들을 위해 의무로 봉헌해야 하는 미사.

생몰미상(生歿未詳)

매화도 영인본 속의
생몰미상

화풍과
기교는 남고

그 위를 어른거리던
손과
손목과
가래 끓는 기침은 사라졌네
역병들처럼

깨진 장독대 곁
티끌 없는
한때의 매화를

이백 년 넘게
살게 한

생몰미상

빛깔과
노래는 남기고

살과
냄새와
거뭇한 흉터자리는 거둬 간
생몰미상

방과 후 강사

고등학교 방과 후 강사인 나는
버스나 지하철에서 대부분의 시간을 보냅니다

두 시간 강의를 위해 왕복 여섯 시간을 이렇게 보내다
보면
나는 오이도에 있는 문학특성화 고등학교의 채용 강사
가 아니라
차창 밖 풍경의 수강생은 아닌가 생각하게 됩니다

그래서 나는
가을바람의 무른 강의를 듣거나
차창에 씌어지는 가랑비의 판서를 바라보거나
붉은 벌판의 느린 슬라이드를
하품을 물거나 꾸벅거리며 듣곤 하는 것인데

이것이 귓바퀴에도 눈에도 오래 담겨 있어
나는 그것들을 들려주거나
다음 시간을 위한 밑밥처럼 담아 두기도 합니다

학교에서 내가 받는 돈은 시간당 삼만원
그러나 나는 한 푼도 내지 않으니
이것은 고스란히 남는 장사인 셈

PPT도 칠판도 없이
내가 듣거나 말거나
선생 티도 안 내는 나의 강사들은
어둠이 오면 숙제도 내지 않고 사라집니다

달리는 울음

　명절 끝의 경부선 막차, 볼살이 튼 연변 어미의 젖가
슴 속에서 댕글댕글 머리통이 잘 여문 아기가 운다 소리
가 크고 실한 것이 멀건 자본주의 우유가 아닌 밀도 높
은 어미젖이 키운 울음이다 장작깨나 쪼갰음 직한 아비
팔뚝에 얹혀 있어도 막무가내다 어둠과 눈비가 달려들어
도 좀체 물러서는 법이 없다 장장 네 시간의 절절 끓는
울음에 포박된 승객들은 지금 한창인 젊은 부부의 고단
과 까마득한 아기의 그것에도 혀가 닿은 듯 묵묵하다 아
직 말이 건드리지 못한 비릿하고 희고 줄기찬 울음 하나,
바람보다 진눈깨비보다 기차보다도 먼저 장닭 울음 쪼개
지는 새벽에 가닿는다

추일서정(秋日抒情)

거미줄이엷어지는시절이다허공에서볼일이없어진거미가
이제땅에서볼일을다하려고뚝뚝떨어진다내마음에꽉박힌
심지도어느새느슨해지더니이제는벽에걸것도화낼것도없
어지고쓸쓸해진다땅에서할일이없어진노인들이허공에매
달리는시절이도래했음을안다 물가에오래사니서러운일이
자주생긴다이도다 물가에서얻은병임을안다나도물같은사
람이어서비뿌리는날이면가슴에크고작은동그라미가인다

2부

학원들

스무 살 무렵 복장학원 다닐 때
자크를 안감과 함께 꿰맨 채 그만두고 말았지만
만일 그때 학원을 야무지게 잘 다녀
밤에도 형광등 빛 환한 의상실 하나 차렸다면
나는 너의 옷을 철마다 만들어 입혔을 테지
언제 또 자랄지 모르는 너를 위해
단마다 넉넉히 시접도 넣었을 테지

마냥 흘러가는 구름도 하늘에 잘 시침질 해 주었을 거야
가을의 나무에겐 떨어지지 않는 나뭇잎을
저울에겐 일관성의 추를
날뛰는 말에겐 점잖은 짐을 매달아 주었을 거야
민들레에겐 날아가지 않는 홀씨를
담벼락에겐 사라지지 않는 할머니들을
아이들에겐 끝나지 않는 키를
무덤에겐 시끌시끌한 횃불의 무리를 선사해 주었을 텐데
밤바다에겐 환한 오징어 배의 집어등 불빛을
매달아 주었을 텐데

외롭지 않게

그러면 이별은 없고 영원만 있을 텐데
그러면 밤낮도 계절도 없을 텐데
작년 이맘땐 …… 하는
회고주의자들도 사라질 텐데

내가 복장학원을 관두고
요리학원 운전학원 공인중개사학원을 전전할 동안
그리하여 내가 요리사도 택시기사도 공인중개사도 못
되고 정처 없는 동안
그 언덕 위의 복장학원은 문을 닫았다 하고
그곳에서 밤새 환하게 오바로크* 치거나 감침질하던
줄자며 대자며 가위 들도 뿔뿔이 흩어졌다 하고

밤낮으로 들들들 시냇물 같은 재봉틀 소리가 멎자
실이 풀린 듯 건물들은 저녁이면 제 그림자를 놓쳐 버
렸네

땅바닥에 축축한 뱃가죽이 흘러내리는 개들과
지친 열매를 떨어뜨리던 여름 나무들

마음의 끝단이 풀린 채
이웃들은 뿔뿔이 이사를 가고
심장에서 솟구치는 노래 하나 몸에 접붙이지 못한 채
나는
그때의 아이들은
너무 크거나 작은 옷 속에서 빠르게 늙어 갔네

• 옷감 끝단의 올이 풀리지 않게 고정시켜 주는 스티치 기법.

방랑자의 시

나비의 근육을 떼어 어깨에 붙인 사람
주머니엔 몇 개의 메모가 적힌 수첩
그마저도 몇 년 전의 필체

그에게도 번개 파워! 하면서 하이파이브 하던 어린 시
절이 있었네
그를 둘러싼 부모와 조부모의 반짝이는 손바닥들
이제 까마득한 주소에 그들은 없네
장미 꽃술이나 매미의 울음 속이 더 견고한 주소지(住
所地)

어느 골목의 커피집 아가씨조차
그의 럭비공처럼 튀는 심장을 노크할 순 없었네
그는 공사장의 불꽃 속으로 낙하하는 눈발들과
강물의 허밍을 두른 언덕 위의 낮잠과
광장의 붉은 야시장과
집시들의 부푼 치마를 더 사랑했으므로

그는
낡은 구두와
말벌의 웅웅거림과
어깨가 흘러내리는 배낭을 배반할 수 없는 사람
시인이 번뜩이는 영감을 배반하지 않는 것처럼,

그는 지나가는 모든 것을 사랑하거나
사랑할 수 없는 사람
시인이 세상에 단 하나밖에 없는 비유로만 사랑하는
것처럼

그는 말똥 냄새 나는 길에서만 신발을 벗고 쉬었네
시인이 시 속에서 짧은 방학을 맞는 것처럼

말, 혹은 물품

거제 포로 수용 기념관
철창 안 포로들 사진 뒤에
새겨진 붉은 경고판

'철창 너머로 말 혹은 물품을 교환치 말 것'

몇 가마니 말도
한순간 매장당하는 작금과 달리
말과 물품이 동일시되던 시절이 있었지

이쪽의 말 한 마디에
저쪽의 저울 눈금이 흔들리던
말의 물물교환 시절,

눈 맑은 보초병을 피해
말은 생필품처럼 은밀히 거래되었지

어떤 말은 밤의 철창에 옆구리가 찔려

붉은 피가 번지기도 했지

밤의 협곡을 내달리던 말들 중에는
젊은 너어스들 사이에서
거즈를 갰다는 시인의 뼈저린 고백도 있었지

어떤 말은 불가사의한 춤 같았지
칼집 속에 숨어 있다가
단 한 번만 뽑을 수 있는

화가

자기가 그린 사과를 먹고
자기가 그린 옷을 입고
자기가 그린 동물과 사는
남자가 있었네

무슨 의식처럼 그는
꼭 그렇게 하고 나서야 받아들였네
속옷을
웃음을
집을
마치 가격표를 떼는 것처럼

그렇게 하고 나서야 소화가 되었네
헐렁헐렁해졌네
정이 갔네

그는 외로운
혼잣말이 늘어 가는 사람이었네

그가 닿기 이전에 붓은
먹어 주고
입어 주고
냄새 맡아 주었네
붉은 혀처럼

그는 결코 혼자 살지 않았네
그의 집엔 다 조금씩
축축한 누군가의 손때가 묻어 있었네

나눌 것은 많고 많았네

세녹스*

우리가 한때 타던 프라이드 밴
삼십만원짜리 스틱형 중고차
기름 값이나 아껴 보자 세녹스를 넣고 다녔지

그것은 유사품답게 시동을 꺼 버리고는
도로 한가운데서 구름을 살피라 했지
태풍의 방향을 점치라 했지

도로만 벗어나면 늘 있었지
기름통에 자바라로 수혈해 주던 런닝구의 사내들

가짜가 열어 준 도로에서도
꽃들은 마냥 생화였지
육차선, 팔차선 길들도 공짜 같았지

차 안의 음악은 위태로웠고
창밖의 소나기는 밀도가 높았지
날은 덥거나 더 추웠지

가다가 시위하듯 자주자주 서던 그 차를

우리는 고쳐 사십만원에 팔았지만

그 차를 사 간 목사는 유사품 따위야 죽어도 안 넣겠
지만

목회자의 기도가 들끓는 변두리 교회 마당에서

그 차는 기억할까

질 좋은 가솔린의 질주들 한복판에서

자꾸만 주저앉아 딴전 피우던

그 독하고 푸른

압생트**의 한때를

* 유사휘발유.

** 19세기 말부터 20세기 초, 프랑스를 중심으로 선풍적인 인기를 끌던 술. 특히,
   가난한 예술가들 사이에서 명성을 떨치던 이 술은 '녹색의 요정' 또는 '악마의
   술'이라고 불리기도 하였다.

사랑의 법칙

가고 있었다
양철지붕을 두드려 대는 비의 벗은 발로
언덕을 떠가는 민들레 씨앗의 촘촘한 섬모로
담장을 오르는 고양이의 탄력으로

강물 위를 홀로 떠가는 뗏목의 투명한 방향키를 들고
첫꿀을 따러 가는 햇벌들의 웅웅거림과
그 꿀벌들에게 문을 여는 봄 풀밭의 상냥함으로

가고 있었다
한 발짝을 가면
언제나 두 발짝 뒷걸음질 치는 너에게로

너는 건기의 물기와
태풍 전의 먹구름과
하지 끝난 낮의 길이로 한 뼘씩 빠르게
이동하고 있었다

우체부를 기다리는 새 우체통의 심장인 내게로부터
오래된 사진관의 환한 쇼윈도가
어둑한 저녁의 셔터를 단숨에 내리듯이

늙은 기차*

그는 지방 소도시 관현악단의 만년 첼로 객원연주자
언제나 주연들 뒤에서 희미한 반주를 하지
한 번도 자신만의 서치라이트 안에 서 본 적 없는 남자
아침에 홀로 먹은 토스트 조각이 도진 위장염을 찔러도
도돌이표처럼 돌아오는 한 끼의 빵과 월세와
먼 시골에서 시든 사과를 헤아릴 노모를 위해
주어진 선로를 왕복하지
단 한 번의 이탈도 귀신처럼 알아채는 저 카이젤 수염
의 지휘봉 아래
그의 낡은 첼로는 자꾸만 몸체를 떤다네
밤이면 쓸쓸히 들어서는 임대아파트
늙은 계단이 내지르는 비명에도 깜짝 놀란다네
이봐! 급료를 깎이고 싶어? 그건 틀린 음이잖아!

그는 매일 밤 탈선을 꿈꾸네
관처럼 딱딱한 단복 대신
두 개의 경쾌한 호주머니를 걸치고
코발트빛 오토바이를 타네

뒷자리엔 임산부처럼 부푼 달 하나 높다라니 띄운 채
이봐, 조금만 기다려!
붉은 눈의 산파가 손짓하는
저녁의 벌판을 질주하네
순도 높은 가솔린의 폭발로
연료계의 계기가 바닥을 가리키도록

* 마루야마 겐지의『봐라 달이 뒤를 쫓는다』를 변주함.

난초도둑

도둑이 되려면 난초도둑쯤은 돼야지
돈다발과 패물을 자루 속에 쓸어 담기보단
하나에 몇 억 한다는 난초분 하나는
업고 나와야 일등 도둑이지

천하의 도둑은 장물의 맘을 살펴야 하는 법
그 가는 옆구리들의 떨림에 집중해야 난초도둑이지
암, 뒤꿈치를 들고

허공에 한 획을 긋는 난초들처럼
나도 세상에 나서 큰 도둑이나 한번 돼 보아야지

밖에서 트럭은 부릉부릉 빨리 서두르라지만
나는 개의치 않을 거야
귀를 찢는 보안벨이 울려도
나는 천천히 걸어 나올 거야

나 같은 것 백 명은 팔아도 못 살 그것을

내 천한 심장 가까이 기대인 채로

난 민들레씨앗 내려앉는 언덕에다 그것을 심어 줄 테야
더덕처럼 억센 뿌리를 내리게 둘 거야
몇 억을 눈 녹듯 사라지게 할 거야

왕후의 자리에서 여염의 촌부로 만들어 줄 거야
다시는 뽑아 가지 못하게 하늘을 끌어당겨 가려 줄 테야

관람의 자세

　덕수궁미술관에서관람객들의물살에떠밀리며고갱전을 보는데일억을훌쩍호가한다는그림들앞에서나는구름위를 날았거나파도를타고왔을그림들이죽은화가대신곳곳이살 아가는모습이어쩐지조금대견하기도하다또한원근이라든 가색감이라든가배치라든가하는저해설사의장황한설명은 귀에들어오지않고그위를어른거리던붓질과웃음과콧물과 이모든것을뛰어넘는허기같은것에만도무지관심이간다그 리하여고아가된저그림이이제는그앞에서방학숙제를하는 중학생들이나직원들몰래사진을찍는아줌마나건성으로그 림을보며낄낄거리는청춘들에게의지가지없는몸을의탁해 온다는거그리하여지하철안이거나밥상앞에서문득눈앞을 스치는빛의다감한터치를느낄때우리는비로소그그림의대 모가된다는생각을하게된다

　그러다보니그림과그림사이에건너뛴세월이라는것이도무 지허깨비같아나는지금이라도한백년전한이백년후라도바 람처럼다녀올수있을것만같다눈을감으면일생이허냥종잇 장위를스쳐간붓자국같은것이란생각이자꾸만들고그때면 아무손이라도덥석잡고'죽으면썩어질몸!'하며반갑게흔들고

싫어진다예술은예술가를죽이고태어난다는말에귀의하며
우리는그저그가흘린국물자국같은것만엿보다간다는생각
이자꾸만든다

지구인
—고 사노 요코*에게

돈이나 목숨 아끼지 말고 살다가
말년엔 두 달 남았다는 미남 의사의 말을 듣고 싶다
어차피 두 달 살 건데 하며
저축해 둔 돈도 아끼지 말고 펑펑 쓰고 싶다
푸른 독일제 재규어 한 대 사서 추월로(追越路)로만 다
닐 것이다
친구들에게 두 달 남았다고 하면
내게 마구마구 잘해 주겠지
어차피 두 달 살 건데 하며
제일 좋은 옷과 가방도 벗어 줘야지
그러다 덜컥 두 달 넘어 살게 되면
미남 의사는 좀 난처해지겠지
통장의 잔고도 바닥나겠지
그렇지만 나는 돈을 벌지 않을 것이다
난 지구에 돈 벌러 오지 않았**으므로
햇볕과 비와 바람을 공짜로 쓸 것이다
무전취식을 할 것이다
경찰서에도 수시로 들러

미친 할마씨란 소리도 들을 것이다

난 남은 생을 바짝바짝 담배꽁초처럼 태워야지

목숨을 놓고 삶과 거래를 해야지

그러다가 자꾸 명이 길어지면

본전 생각 난 친구들도 다 끊기고

이곳에 왔을 때처럼 난 발가벗겨지겠지

돈 없이 명을 잇는 게 거지라면 난 거지가 되겠지

죽음이 마침내 날 건드리며 공짜로 치워 줄 때까지

난 진정한 지구인으로만 살 것이다

귀신이 따로 없을 것이다

* 사노 요코(佐野洋子, 1938~2010): 아동문학가. 이 시는 그녀의 산문집 『죽는
  게 뭐라고』를 일부 인용함.
** 이영광 시인의 산문집 제목 '나는 지구에 돈 벌러 오지 않았다'를 인용.

변기 닦는 여자

아침이면 변기를 닦네
밥을 푸던 손으로
변기를 닦네

변기는 서서 구부리고 닦는 것보다
가슴팍에 안고서 닦는 게 제맛

희고 매끈한 머리통은 참 소담스럽기도 하지
무기한 빌린 대출처럼 아늑하기도 하지

오줌 더께와 지린내도
오래된 흉터쯤으로 보이는 여자

그 속에서 고개를 박던 토악질의 날을 지나
이제는 손가락을 넣고
변기를 토하게 해 주는 여자

그 위에 가랑이를 벌리고 앉아

밥을 먹고 아이를 낳는대도 하등 이상할 게 없지

첩첩밥상처럼 올라간 아파트에는
줄줄이 일렬로 배당된 변기가 있지

거대한 양푼 같은

베드로

내가 앞을 보듯
옆은 보지 못했을 때 이야기

내겐 스물여덟에 죽은 맹인 친구가 있었지
그 친구가 앞은 못 보고 옆은 보았을 때 이야기

내가 대구 가톨릭 맹인복지회관에 일할 때
부회장인 그와 대구 희망원에 가는데
다 왔다며 그가 소리쳤다
앞이 보이냐는 택시기사의 물음에
"전 앞은 안 보이는데 옆은 보여요!"

넌 정말 앞은 못 보지만
옆은 제대로 보는 게 확실했다
내가 옆에 가면
"가브리엘라!"
귀신처럼 알아맞히곤 했으니까,
내 팔을 꽉 붙잡은 너와 나란히 걸을 때면

옆구리도 요철처럼 맞물릴 수 있음을 알았다

안마시술소에서
눈뜬 사람들은 다 살았는데
맹인들만 다 죽은 아홉시 뉴스에도 나왔던 그날,
불은 지독하게 네게 옆을 보여 주지 않았음이 분명했다
아니면 옆에 온 불과 다정하게 팔짱 끼고 갔거나,

네가 보지 못한 앞과
네가 보았던 옆들이
경계도 없이 뒤섞여진 이곳

이젠 아무도 옆을 맞물려 주는 이 없이
나는 옆구리가 두둑해져 감을 비로소 쓴다
친구여

벌 치는 여자

우리의 눈 속에서 황금빛 마술가루가 사라지면
나는 양지 쪽 언덕 위 벌 치는 여자나 되겠어요
꿀벌들 향기로운 장화에 매달린
노랗고 작은 노래들을 따겠어요

얼굴에 망사 그물 치고
한 번도 걸친 적 없는 털신과 누비옷의 나를 보고
당신은 참 거지 같은 여자네 하겠지만
그리하여 꿀 값이나 흥정하려 들겠지만
나는 붉은 망사 그물 속에서
편편이 쪼개진 당신을 조합하며
조금씩 입에 붙는 동백 아가씨*나 흥얼거리겠어요

종종
뺏기지 않으려는 자와
뺏으려는 자의 실랑이 속에
나의 이마나 정수리가 얼얼 띵띵 붓기도 하지만
향긋한 봉침은 점차 나를 거뜬하게 만들지요

그리하여 보름달 성성한 밤이면
단감 내 폴폴 나는 사내를
때 전 베개 위에 누이더라도
그 사내 밤꽃처럼 또 흩어지더라도
나는 한때의 붕붕거리는 소음**으로 받아 낼 거예요

어느 해 봄
세어지는 흰 머리와 버짐꽃 핀 얼굴의 나를
망사 그물 없이도 못 알아볼 당신이
빈 항아리 가득 실은 노새 앞세워
달그락달그락 나의 대문을 두드려도
"꿀 없어요! 이제 꿀 안 따요!"
나는 그냥 내치고 말 거예요

빛처럼 늘어나는 빈 벌통 앞에 서서
나는 지루하게 기다려요
먼지와 이끼뿐인
내 무량한 벌통들 속으로

다시 윙윙거리며 분봉 해 올 나의 노래들을

과일 파는 사람을 위한 랩소디

과일 파는 사람은 순해
단단한 철제 공구를 파는 사람보다는 순해

만지면 무를까
흘러내릴까
쪼그리고 앉아 과일 쌓는 사람은 순해

둥근 향기 속에서 어느새
붉은 피는 달콤해지고
울퉁불퉁한 기침도 잠잠해지지

끈적한 여름의 골목에서
헐고 무른 과일을
몸속에 거둬 주는 사람은 순해

날것들을 쫓는 두 손은
허공의 땀을 닦아 주는 듯하고

동글동글한 머리통들에게
둘러싸인 사람은 든든해

아이를 거느린 엄마처럼
아군을 거느린 장수처럼

내가 너의 이름을 부를 때

내가 읽던 책을 덮고
너의 이름을 부를 때
이 땅의 너와 똑같은 이름들은 무얼 하나 궁금했다

네가 왜? 하고 돌아볼 때
양들의 잠을 지키며 수천 톤의 눈꺼풀을 지불하고 있
거나
영작숙제로 푸른 형광등을 절절 끓이거나
점심을 기다리며 펜치로 나사를 조이고 있을
너와 같은 이름들, 이름들

네가 무슨 일이야? 재차 물을 때
한 개의 이름을 지상에 내려놓고
수천 개의 이름 속으로 흘러 들어간
너와 똑같은 이름들도 궁금했다

너는 싱겁긴 참, 하며 다시 네 자리로 돌아가고
소리를 담을 고막도 없이

미지의 이름들 위에 둥둥 떠 있을
너와 같은 이름을 가질 아기들, 아기들

내가 너의 이름을 부를 때
자석 같은 끌림으로 네가 돌아보는 게
나는 참 신기했다

발

보팔로 가는 기차 안
맞은편 여인이
딸랑거리는 방울을 단 두 발을
내 쪽으로 뻗어 왔다

망아지처럼
두툼한 발바닥이다
쉼 없이 꼼지락거리는 몸통과 달리
쩍쩍 갈라진 그것은 몇 시간째 시체놀음이다

유순하게 갈라진 저 발가락들 뚝 뚝 떼어
암소나 가젤의 발에 붙여도 좋으리
그러면 향기로운 풀밭 위를 노래처럼 흐르리
희디흰 콧김으로
진흙탕도 순식간에 찰흙으로 치대 놓으리

보팔에 오자
곤한 발들의 잠을 황급히 깨워

방울 소리로
총총히 사라지는 여인

갈라질 발가락도 없이
백 개의 쇠바퀴를 가진 기차가 달리고
나는 발들이 누웠던 움푹한 자리로
손을 뻗어 본다
뒤늦은 악수인 양

Y의 이불

반지하방
계단을 내려가면
삐걱이는 침대 위에
그것은 펼쳐져 있습니다
한 번도 각을 만들어 본 적 없는 그것에겐
시큼한 물비린내가 납니다

호수와 뭍의 경계에서
신발을 벗는 자와도 같이
당신은 그 속으로
옷을 입은 채 뛰어듭니다
어린 날 부드러운 냇가 앞에서처럼

당신은 그 속에서 아득히 눈을 감습니다
잠의 치어들이 툭툭 눈꺼풀을 치고 가는 걸 느낍니다
간혹 이불 밖으로 발을 차는 것은
잠 속에서도 당신이 줄기차게 헤엄을 친다는 증거

그 속에서 당신은

늙어 가는 허파 대신

옆구리에 푸른 아가미가 파입니다

돌멩이를 쥔 듯 손바닥이 따스해집니다

하지정맥류의 종아리를 절뚝이며

만년 알바생인 당신은 또 나섭니다

지느러미 돋은 달과 함께

25시 편의점으로

3부

늙은 제자

눈 밑 애굣살 많은 사십대는 바라지도 않지만
시집 좀 읽으시라 하면
백내장 수술한 눈이 아프다 하고
인생사 좀 삐딱하게 보시라 하면
성체 모시는 몸에 고해성사할 일 있냐고 하고
설겅설겅 메주콩 밟듯 시를 써 가지고 와서는
당체 오뉴월 낮 길이보다도 시가 늘지 않는

나하고 이 주에 한 번 밥 먹는 한정식 집에서는
혀로 게장 하나는 나보다 더 잘 발라내고
공모전 입상이라도 하나 되면
동남아 여행으로 모시겠다 하고
가끔씩 대책 없는 나의 노후도 걱정해 주는

사는 게 이제 더는
새로울 것도 궁금할 것도 없다는
예순아홉
나의 제자는

쌀 점(占)을 보러 가다

지인이 보내온 쌀에 아침마다 모래를 고르다 보니
(모래가 더러 자갈로 뵈는 것이)
무슨 무당이 된 것 같다
무당이 별것도 아닌 것 같다

쌀에 돌이 섞이듯
무심히 사람의 일에 신의 일이 와서
열일곱, 손바닥에 들러붙는 방울이 싫어
주먹을 쥐고 달아난 사촌 언니야

나는 어느새
아침마다 식탁에 쌀을 부어 놓고
돌 고르는 일쯤은 아무렇지도 않고
(점괘가 궁금한 해는 창가를 기웃거리고)
이웃집 여자 따라다니며 보던 점집 여자들은
다 당신만 같았지

흰 웃음의 애기동자들과

색색의 천들과
정갈한 방석은
어디선가 본 듯도 하고
누가 내 목에다 실을 매 놓고 끌어당기나
남의 얘기가 다 솔깃한 내 얘기 같았지

식탁 위에 쌀을 부렸다 모으는 아침,
평생 얇은 손바닥 하나를 벗어날 수 없는
누런 쌀들을 생각했네

평생 얄팍한 방석 하나를 벗어날 수 없는
당신을 생각했네

밖이 키운 아이

복도식 아파트 벽을 사이에 두고
올봄부터 아이 소리가 난다
누가 이리 후딱 키워서 보내왔나
참새 주둥이로 조잘거리고
구름도 뒤돌아볼 정도로 크게 우는 아이야
태어나자마자 밖이 키운 아이야,

외조모와 더불어 산이 키운 아이야
멧돼지와 소쩍새와 골짜기 안개가 키운 아이야
댓잎을 쓰는 싸리비 소리가 키운 아이야
뒤란에 감꽃 떨어지는 소리가 키운 아이야
두툼한 서까래 무너지는 소리에도 잘 잤다지
소나기 천둥에도 씀벅씀벅 굵은 눈알만 몇 번 굴렸다지
오뉴월 뙤약볕이 키운 아이야
뜨거운 자갈밭에서 맨발로 자란 아이야

그 옛날 동생만 태어나면 쫓겨나서
외조모 집에서 자란 나도

엄연히 밖이 키운 아이

외갓집 뒤란에 잣나무 열매 떨어지는 소리에도 놀라 울었던

외조모 마른 젖을 움켜쥐고 자란 나는

벽 하나를 사이에 두고

매운 고추밭에서 맨발로 자랐다는 아이의

씨근씨근대는 숨소리를 듣는다

미역줄기처럼 싱싱한 그 아이의 꿈속을 자맥질한다

계곡

바위와 물소리가 이웃을 불러다 주는 호시절입니다

우리 곁으로 초로의 부부가 와서는 한뎃잠을 기웃대
더니
또 한 쌍의 불륜이 들어와 희게 물을 쪼갭니다

흰 살성의 이야기일랑 물소리가 다 데려가고
'아' '하' 같은 동그란 소리들만 걸러져 들려옵니다

이곳 아니면
헐벗은 두 발을 언제 이리 오래 내보이겠습니까
그러나 물이 맺어 준 인연은 부질없어 흙탕물은 금세
가라앉습니다

구불구불한 계곡의 주민들이
퉁퉁 불은 발로 물의 옆구리를 간질이다 가는 곳

아, 맑게 재잘거리는 물의 허밍을 아깝게 다 흘려보

낸 채
　나도 어느새 멀리 흘러와 있습니다

오일장 해부학

해부된 개구리처럼
오일장은 입구부터 아리다
동물로 치면
살 속에 있어야 할 장기들이 너덜너덜 쏟아져 나온 것
과 같고
집으로 치면
부끄러운 살림들이 다 바깥에 쫓겨난 형국과 같다
한 겹의 포장도 없이 맨몸으로 나앉은
생선과 채소와 속옷들이 그러하고
까딱하면 엎어질 위태로운 좌판들과
아슬아슬 쌓아 놓은 과일 탑들이 그러하다
갓 낳은 뜨끈한 두부들과
곤달걀과 굼벵이나 지렁이 말린 것들이 그러하다
혈관이 드러난 살처럼 파리한 떨림이 그 속에 있다
꽈배기 노점의 설탕 묻은 돈이
꾸깃꾸깃한 비린내에게로
다시 꼬질꼬질한 새우젓 냄새에게로 건너간다
누가 사철 겉옷도 없이 좌판에 앉은 저 노인들에게서

매일 집을 들어내 버리는가

바람이 무사통과해 다니는 무릎 앞에는

햇것이나 끝물인 것들이 놓여 있고

그것들은 또 언제나 무른 살처럼 짓물러 터진다

철창 안에서 떨고 있는 햇강아지들과

나프탈렌 따위를 수레에 밀고 가는 다리 없는 사람과

시든 나물들 뒤에서 밥그릇을 긁는 여자와

떨어진 밥풀을 찍어 대는 비둘기들

아직 한참은 살 속에 있어야 할

붉고 여리고 무르기 직전인 그들 위로

재개발 소식과 함께

어디선가 딱딱하고 시끄러운 시멘트 군단이 몰려오고
있다

몸이 몸을 만나러 가는 길을 빼곡히 지우며

꽃중년

흰 철쭉꽃의 속살을 만지는 밤은
오는 봄이 새것 같았다

조화인 줄 알고
찢어 보면
손에서 피냄새가 났다

어느새 나는 오는 봄조차 믿지 못한다
혼자 살다 죽은 고모처럼 완고하게!

집으로 올라가는 골목
꽃들은 언제나 외박이다

밤새 고약하게
꽃처럼 돌아다닐 수 있을 것만 같았다

첫 기차에는 창(窓)이 많다

새벽에 행신역으로 설 기차표를 끊으러 가는데
첫 기차가 지나간다
거대한 환형동물처럼,

따뜻한 대화 같기도
무슨 열린 페이지 같기도 한
창문들이 지나간다
한 줄의 섬광처럼,

꽝꽝 언 들판 위로
쩍 들러붙은 새벽과 밤을
야금야금 떼어 놓으며 가는
따뜻한 혀 하나

손가락 끝에 맑게 자라는 열 개씩의 창을 달고
사람들이 역사에 길게 줄을 서 있다

인면어

수초를 헤치며
유유히 헤엄쳐 온다

건빵을 던져 주니 우물거린다
붉은 잇몸의 할멈처럼

그쪽도 살기가 만만찮은지
인면수심이다

동그란 열매거나
세모진 설치류가 아닌
하필이면 넙데데한 사람의 얼굴일까

오래전에 물에 빠져 죽은
앵두집 아이와
이장댁 며느리 얼굴도 보인다

수련들이 모두 연붉은 얼굴을 접고 사무치는 시각

사람이
사람 얼굴을 오래 내려다본다

입 다실 것이 도무지 궁금한
나보다 더 늙어 보이는 얼굴이다

처서

나는 오늘
가을볕 속으로 빨래가 물기를 털어 내는 걸 바라보면서
그러고도 내 습진을 내다 말릴 수 있게 넉넉함이 남아
도는 이 볕이 좋고
헛헛한 위장 속으로 수제비를 같이 흘려 넣을 가난한
식구가 있어 좋고

볕이 처마를 오지게 지지는 오후가 되어서는
늙은 염소처럼 우물거릴 수 있는 햇고구마가 있어 좋고
오늘은 큰놈에게 안경 해 줄 돈이 품에 넉넉히 있으니
더욱 좋고

그러고도 더 좋은 건
일생에서 가장 높고 맑은 날 중의 하나인 오늘이
아직도 이마 위에 두둑이 남아 있다는 것이다

연을 든 사람

한참을 가다가 돌아보니
그가 아직도 연을 들고 서 있다

가만 보니
구름의 옷자락을
비의 기척을 들고 있다

새의 갈비뼈를
번개의 삼지창을 들고 있다

그가
혼백이 묻은 길을 날리고 있다

혼자 먹는 밥

건너편에
밥 먹는 법을 잊어버린 귀신 하나
덩그러니 앉혀 놓아도 좋겠지

물풀을 다 걷어 낸 모시조개처럼
찬 한 개로 먹는 밥은
스스로 소금기가 배어 있다

푸른곰팡이 부대가 닥치기 전
잠시 내게로 들른 이 밥을
들판에서 주운 살점인 양 느긋이
몸에 숨겨 주는 아침,

움푹 꺼진 눈의 귀신 하나
맞은편에 앉히고
또 누가 홀로 밥사발과 독대하는지
아파트 어디선가
밥그릇 긁는 소리가 난다

숟가락 소리가 깊어지면
몸속의 여물통에도
반짝이는 사리가 찬다

울음 나무 아래를 지나다

매미 울음 아래를
자전거로 지나는데
울음의 밑은
참 서늘하군요

흔치 않아요 이렇게
울음의 축축한 지붕 밑을 지나는 일은,
거대한 목청 아래를
뚫고 달리는 일은,

한 때 목련꽃이 환했던 이 나무
그 때의 꽃들도
다 한 떼의 울음이었죠

울음이 차 있던
나무의 그늘은
유독 짙죠

혼자 선잠에서 깨어나
길게 길게 울던
흩여덟 살의 마루

마당을
무릎으로 기어가던 어스름이
듣던 내 울음도 이랬을까요
그래서 돌아보고 돌아보고는 했던 걸까요

나무로 만든 다리

초가을을 처음 맞는 수련을 보네
다리는 나무로 얽은 다리
누군가 나처럼 수련을 보러 오네

그의 무게가 내 발바닥에 전해지네
그의 걸음이 내 몸을 흔드네

이런 일이 몇 번이나 있을까
한 생애가
내 발바닥을
내 전신을
고스란히 흔드는 일이

나무들은 서 있을 때도 그러했다지
새 한 마리 깃들거나
후득이는 빗방울 소리에도
온몸을 흔들었다지

거위들이 목을 내저으며 집으로 돌아가는 이 저녁
이 다리 위에 그대를 세워 둔 채
나도 흔들며 가고 싶네
물결이 수련을 건드리듯

연(蓮)의 시

연밥이 못물에 다 처박혀 있다
밥그릇을 엎고 도망친
일가(一家)처럼,

폐가만 폐가가 아니더라
꽃이 설 때는
꽃잎이 벽돌 한 장 한 장처럼 더디더니
꽃이 질 때는
해머로 벽을 허물듯 스러지더라

입안에 밥풀을 씹으며
도망치는 식솔들처럼
물 위에도 얼룩덜룩 꽃의 체취가 남아
연꽃 우려낸 못물이
못 둑까지 번진다

종달리

제주 산간에 배낭 하나 메고 들어가
그 이름 하나에 얹혀 살겠다
담장에는 검게 얽은 돌들
물질 면한 검은 다라이들이
평상 위에 엎어진 곳
그 속으로 펑퍼짐한 내 엉덩짝 들이게만 해 준다면
병든 사내 하나 집 안에 뉘어 놓고
휘적휘적 물길 아는 여자 되어
물이 뭍보다 힘듦을 알아 가겠다
내 속에 있던 폐가 숭숭 구멍 뚫리고
한 이백 년 쓸 듯 값싸게 내돌린 몸이
이제 더는 잠수가 안 되걸랑
그저 그렇고 그런 여자들과
버짐 같은 이야기로 날이 새겠다
자고 일어나도
자고 일어나도
물속이겠다

베란다에는 빨래가 마르고

짧은 가을볕을
받아먹으며
빨래가 자그락 자그락
마르고 있다

어제는 몇 년 만에 아는 시인과 만나
어색한 말을 섞고
돼지껍데기에 붙은 젖꼭지가
불판 위에서
빵빵하게 부푸는 것만 보다 돌아왔다

베란다에는
조용히 빨래가 마르고 나는
몇 날 며칠째 빨래통에 담겨 있을 시인의 빨래와
무너진 신발굽이 끌고 다닌 길들과
쓰러진 옆구리를 받아 내는 방바닥 같은 것들도 생각
해 냈다

베란다에는 빨래가 마르고
어느 구석진 지층에 주소를 둔
구겨진 몸 위에도 머무를
이 짧은 가을 몇 날

전화

내 전화 벨소리가
빈집을 울릴 때
당신의 칼잠 자는 안방과
구부려 밥을 끓이는 부엌과
매 끼니 푸성귀를 구하는 앞마당을 나는 다 훑습니다

오늘 당신의 벨소리가
나의 빈집에 당도하였을 때도
내가 웅크리고 앉아 있을 낡은 소파와
무언가를 끓여 내는 주방과
내가 즐겨 다니는 골목길을 다 짚고 다녔을 당신을 압
니다

아아, 먼 훗날
우리가 들 적막한 그곳에도
노래처럼 이 발신음이 건너갈 수 있다면
그리하여 당신의 처소와 행동 반경이
눈 감아도 이리 환한 곳이라면

오늘의 무전취식

주엽역 앞
채소 파는 할머니 곁에
쪼그리고 앉아
고구마순 부러지는 소리나
똑 똑 헤고 있었으면

역전 국수집에 앉아
처녀애가 맹인 애인의 입속으로
비빔국수를 돌돌 말아
야무지게 넣어 주는 소리나
듣고 앉았으면

역전 외환은행 앞에서
'레이스 실리콘 덧신 팔아요'
'방수코털제거기 팔아요'
골판지에 써 붙인 말간 사내 앞에서
이건 얼마예요?
저건 얼마예요?

말이나 걸어 보았으면

사지는 않고
사지는 않고

견고함이 주는 위안

이병국(시인·문학평론가)

가다가 한참을 뒤돌아보는 사람이 있다

삶의 지향이 분명한 이는 흔들림 없이 자신의 길을 갈 수 있다. 이 말은 현실적이지 못하다. 저마다의 이유가 있을 테지만, 대개의 사람들은 온전히 한마음으로 삶을 영위하기가 어렵다. 늘 의심하며 불안해한다. 내가 지금 가고 있는 길이 올바른 길일까. 다른 선택을 했다면 지금과는 다른 삶을, 더 나은 삶을 살 수 있었던 것은 아닐까. 마침내 도달했다고 생각하는 지점이 사실 일방적인 착각의 결과일 가능성은 없는 것일까. 어쩌면 우울한 열패감에 시달리며 끊임없이 자신의 현재를 부정하는 일이야말로 보편적인 삶의 양태일지도 모른다. 이는 사람이 사람으로 사람답세 살아가기 어려운 사회적 환경이 삶의 기저에 깔려

111

있기 때문이기도 하겠지만, 다른 가능성을 고려하며 현재
의 고통을 극복하려는 역설적 자기긍정의 모습일 수도 있
다. 충만함으로 가득한 삶이란 숭고의 영역이라서 쉽게 성
취될 사정은 아닐 수 있으나 칸트식으로 말하자면, '불쾌
를 통한 쾌'를 통해 인간의 한계와 능력을 직시함으로써
얻어진 통찰의 감각일 수도 있겠다. 분명한 것은 삶의 지
향이나 흔들림 없이 나아가는 방향성이 아니라 의심하고
부정하며 되돌아봄으로써 재구성하는 삶의 현재성이다.

　문성해 시인의 다섯 번째 시집이 구축하고 있는 시적 지
류는 그러한 반성적 사유를 통해 재구성되는 시인의 현재
성에 가깝다. 직전의 시집 『밥이나 한번 먹자고 할 때』(문
학동네, 2016)에서 "몽당연필 한 개와 구겨진 노트"로 "천
조각의 일기"를 썼던(「문학 지망생」) 시인은 시인이란 "고독
한 작명가와 다름아니"(「피망」)라고 했다. 고독이라는 절박
함으로 삶을 기록하고 표현해야만 하는 시인의 삶에서 분
명한 지향은 "죽어서도 쓸 수 있는 글을 궁리"(「작업실을 기
다리며」)하는 일이었으리라. 시인의 시편들에 담겨 있는 것
은 뚜렷한 삶의 양태라기보다는 늘 불안하고 불분명한 일
상의 풍경이었다. 그러나 이번 시집에서는 다른 시적 경험
을 하게 된다.

　　스무 살 무렵 복장학원 다닐 때
　　자크를 안감과 함께 꿰맨 채 그만두고 말았지만

만일 그때 학원을 야무지게 잘 다녀
밤에도 형광등 빛 환한 의상실 하나 차렸다면
나는 너의 옷을 철마다 만들어 입혔을 테지
언제 또 자랄지 모르는 너를 위해
단마다 넉넉히 시접도 넣었을 테지

(……)

그러면 이별은 없고 영원만 있을 텐데
그러면 밤낮도 계절도 없을 텐데
작년 이맘땐 …… 하는
회고주의자들도 사라질 텐데

(……)

마음의 끝단이 풀린 채
이웃들은 뿔뿔이 이사를 가고
심장에서 솟구치는 노래 하나 몸에 접붙이지 못한 채
나는
그때의 아이들은
너무 크거나 작은 옷 속에서 빠르게 늙어 갔네
—「학원들」 부분

삶의 지난 한때를 돌아보면서 느끼는 회한이란 현재에 대한 부정이라기보다는 지난 시절의 곤궁을 통해 현재를 긍정하고자 하는 마음의 반영이다. 그 과정이 재구성하는 삶의 편린들은 가정에 의해 다른 가능성을 지닌다고 하더라도 지금의 삶을 설명해 주지는 못한다. 그러나 자책과 후회로 설명될 만한 인상을 주지 않는 것은 보편적 삶의 양상이 그런 형태를 취하기 때문이다. 이 시의 화자가 복장학원을 "야무지게 잘 다녀" 세상의 모든 존재들이 "외롭지 않게" 시침질을 해 준다고 해도 "이별은 없고 영원만 있을" 수는 없다. 가정된 소망은 이루어지지 못하고 파편화되어 흩어져 버린다. "심장에서 솟구치는 노래 하나 몸에 접붙이지 못"해 봉합할 수 없는 외로움을 안은 채 삶은 굴러가게 마련이다. 지금은 떠나고 없는 "그때의 아이들"과 '나'는 어우러지지 않는 생활을 살며 맞지 않는 "옷 속에서 빠르게 늙어" 간다.

그러나 "지나가는 모든 것을 사랑하거나/사랑할 수 없는 사람/시인이 세상에 단 하나밖에 없는 비유로만 사랑하는 것처럼"(「방랑자의 시」) 지나간 시절과 현재가 맞물리며 만들어 낸 순간을 수용하여 살아가는 일이야말로 삶의 본류가 아닐까. 시간을 지켜 낸 자의 거룩함이란 삶을 유지하고 이행하는 데 있을 것이다. "생활이 내게로 와서 벽을 이루고/지붕을 이루고 사는 것이 조금은 대견해 보"이는 것도 같은 이유에서이다. "내 몸이 자꾸만 왜소해지는

대신/어린 몸이 둥싯둥싯 부푸는 것"이 "하루가 멀다 하고
닦달하던 생활"을 감내하는 삶에 있는 것처럼 말이다(「나
의 거룩」).

사람들이 역사에 길게 줄을 서 있다

그런 점에서 문성해 시인의 시는 생활에의 몰두를 전유
한다고 할 수 있다. "밥을 푸던 손으로/변기를" "가슴팍
에 안고서 닦는 게 제맛"이라고 하며, "오줌 더께와 지린내
도/오래된 흉터쯤으로" 볼 수 있는 마음의 결(「변기 닦는 여
자」). 그것은 생활의 통속성을 삶의 몰두로 인식하는 데에
서 비롯되는 감각이다. 또한 간과하거나 부정되기도 하는
일상의 기반을 시적 재현의 차원으로 이끌어 예기치 못한
절대적 환대로 포용하는 일이기도 하다. 시인은 별것 아닌
것 같은 "말의 물물교환"(「말, 혹은 물품」)이 삶을 영위하게
하는 토대일 수 있다고 말하는 것만 같다.

이는 시인이 불러오는 인물들의 삶 속에서도 발견할 수
있다. "사는 게 이제 더는/새로울 것도 궁금할 것도 없다"
(「늙은 제사」)는 '늙은 제자'가 화자의 노후를 걱정하며 건
네는 말은 단지 시를 잘 쓸 수 있게 돕는 화자를 응대하
는 교환의 언어를 넘어선다. 그것은 함께하는 현재의 시간
을 환대하는 일이자 일상을 굳건히 지켜 내는 일의 어려움

을 환기시킴으로써 변화를 촉구하는 태도이다. 이러한 태도는 「두릅」에서 '농아 아저씨'가 보내 준 두릅에서도 찾아볼 수 있다. 신체적 제약 때문에 대학 창작 수업을 지속할 수 없었던 농아 아저씨가 화자에게 보낸 두릅은 일종의 창작 방법론의 비유로 읽힌다. 시를 쓰는 것은 언어를 공글려 표현하는 것이라 할 수 있다. 이때의 언어는 두릅의 가시처럼 날카로울지언정 타인을 향해 내뻗는 폭력이 될 수 없다. 오히려 자신을 향해 수렴되는 성찰의 방식으로 교환되는 수행 속에서 의미를 지닌다. 농아 아저씨가 보내 준 두릅은 "서두르던 기척과/푸르죽죽 두릅물이 오른 손목과/웅웅거리는 불편한 귓속"이 야기하는 불편을 감내하는 한편에서 쓰이는 시의 존재론적 응답인 셈이다. 이를 보다 명징하게 보여 주는 시를 읽어 보자.

보팔로 가는 기차 안
맞은편 여인이
딸랑거리는 방울을 단 두 발을
내 쪽으로 뻗어 왔다

망아지처럼
두툼한 발바닥이다
쉼 없이 꼼지락거리는 몸통과 달리
쩍쩍 갈라진 그것은 몇 시간째 시체놀음이다

유순하게 갈라진 저 발가락들 뚝 뚝 떼어
암소나 가젤의 발에 붙여도 좋으리
그러면 향기로운 풀밭 위를 노래처럼 흐르리
희디흰 콧김으로
진흙탕도 순식간에 찰흙으로 치대 놓으리

보팔에 오자
곤한 발들의 잠을 황급히 깨워
방울 소리로
총총히 사라지는 여인

갈라질 발가락도 없이
백 개의 쇠바퀴를 가진 기차가 달리고
나는 발들이 누웠던 움푹한 자리로
손을 뻗어 본다
뒤늦은 악수인 양

—「발」 전문

　보팔로 가는 기차 안에서 만난 여인의 발에 대한 묘사
로 「발」은 시작된다. 현대문명을 상징하는 기차 안에서 마
주친 여인은 문명과 자연의 대비라는 층위에서 자주 동원
되는 재현 방식이지만, 이 여인 역시 화자에게 앞에서 본

인물들과 유사한 기능을 수행한다는 점에서 주목된다. 화자는 여인의 "쩍쩍 갈라진" 두 발을 본다. 잠에 든 몸에서 빗겨 나온 듯한 저 발은 "암소나 가젤의 발에 붙여도 좋"을 만큼 "두툼한 발바닥"을 지니고 있다. 그 발은 야생의 발이기도 하고 노래처럼 흐르기도 하며 진흙탕을 찰흙으로 치대 놓을 수 있는 생활이기도 하다. 어찌 보면 가장 미천한 발이지만 그것이야말로 몸통을, 즉 여인의 삶을 지탱하는 데 자신을 다 내어 주는 존재이다. 화자의 시선이 가닿는 발은 세계와 조화롭게 어울리는 삶의 토대이자 시인이라면 응당 사유하게 되는 삶의 바탕인 것이다. 그런 점에서 발이 떠나고 난 흔적인 "움푹한 자리"에 손을 뻗는 것은 "뒤늦은 악수"이지만 그렇게 할 수밖에 없는 시적인 환대의 층위인 셈이다.

변함없이 되풀이되는 일상으로부터 벗어난 곳에서 마주친 저 발에 대한 시적 사유는 멀고 먼 곳에서 낭만화된 방식으로 소비될 것이 아니다. 오히려 지나고 나서 "축축한 누군가의 손때"를 돌아보고 "나눌 것은 많고 많았"(「화가」)다고 이야기할 수 있는 시인의 숙명과 같은 것이리라. 직접적 대면이 아니라 흔적을 되짚는 방식으로서의 환대를 통해 세계를 포용하는 것이라 할 수 있겠다. 시인은 "눈물이 말라 몸이 가"물어 가는 존재에게 '그때의 춤'으로 "습습한 물방울이 차오르"(「그때의 춤은」)게 하고 눈앞에서 벌어진 순간이 아닌 "총총히 사라진" 후의 흔적에 뒤늦은 악수를

건넴으로써 과거의 시간을 몸으로 받아 내어 현재와 미래
로 이어 가는 존재이기 때문이다.

누가 등이 딱딱한 적들을 자꾸만 내게로 내보낸다

"하지정맥류의 종아리를 절뚝이며"(「Y의 이불」) 고단한
생활을 이어 가야 하는 편의점 알바생과 같은 "설운 인간
들의 전유물"(「은빛 자전거에 대한 명상」)을 향하는 문성해
시인의 관점은 세계를 재현하는 시간의 낙차로 인해 분명
해진다. 세계가 작동하는 시간의 폭력으로부터 포착해야
하는 시적 대상이 어디에 놓여 있는지, 그들을 위한 절대
적 환대가 가능한 삶의 양태는 무엇이어야 하는지 묻는
시를 보도록 하자.

　　해부된 개구리처럼
　　오일장은 입구부터 아리다
　　동물로 치면
　　살 속에 있어야 할 장기들이 너덜너덜 쏟아져 나온 것과
　갈고
　　집으로 치면
　　부끄러운 살림들이 다 바깥에 쫓겨난 형국과 같다
　　한 겹의 포장도 없이 맨몸으로 나잉은

생선과 채소와 속옷 들이 그러하고
까딱하면 엎어질 위태로운 좌판들과
아슬아슬 쌓아 놓은 과일 탑들이 그러하다
갓 낳은 뜨끈한 두부들과
곤달걀과 굼벵이나 지렁이 말린 것들이 그러하다
혈관이 드러난 살처럼 파리한 떨림이 그 속에 있다
좌배기 노점의 설탕 묻은 돈이
꾸깃꾸깃한 비린내에게로
다시 꼬질꼬질한 새우젓 냄새에게로 건너간다
누가 사철 겉옷도 없이 좌판에 앉은 저 노인들에게서
매일 집을 들어내 버리는가
바람이 무사통과해 다니는 무릎 앞에는
햇것이나 끝물인 것들이 놓여 있고
그것들은 또 언제나 무른 살처럼 짓물러 터진다
철창 안에서 떨고 있는 햇강아지들과
나프탈렌 따위를 수레에 밀고 가는 다리 없는 사람과
시든 나물들 뒤에서 밥그릇을 긁는 여자와
떨어진 밥풀을 찍어 대는 비둘기들
아직 한참은 살 속에 있어야 할
붉고 여리고 무르기 직전인 그들 위로
재개발 소식과 함께
어디선가 딱딱하고 시끄러운 시멘트 군단이 몰려오고 있
다

몸이 몸을 만나러 가는 길을 빼곡히 지우며

—「오일장 해부학」 전문

    오일장이 열렸다. 그것은 5일에 한 번 열리는 특별함이
지만 한편으로 오랜 세월에 걸쳐 반복된 일상이다. 화자는
오일장을 "해부된 개구리"의 형상으로 인지한다. 그 유비
적 진술은 살 속에 있어야 할 장기들이 쏟아져 나온 것처
럼 "부끄러운 살림들이 다 바깥에 쫓겨난 형국과 같"다는
인식을 불러온다. "맨몸으로 나앉은" 살림들의 위태로움.
이를 부정적 정황이라 단정 지을 수는 없다. 일상의 질서
는 생활을 위한 기반으로 우리 삶의 축을 이루기 때문이
다. 오히려 '아슬아슬'해 보이는 일상은 '꾸깃꾸깃한' 생활
의 교환을 통해 '꼬질꼬질'할지언정 삶을 지속 가능하게
한다. 인간은 그 안에서 다른 인간과 관계 맺으며 존재 의
의를 성취하게 된다. 또한 오일장은 "자본주의 우유가 아
닌 밀도 높은 어미젖이 키운 울음"(「달리는 울음」)으로 존재
의 활력을 부여하는 확장성을 지닌다.

    그러나 생필품이 교환되는 공간이자 존재의 활력이 가
능한 장소인 오일장은 사라질 위기에 처한다. "아직 한참
은 살 속에 있이아 할/붉고 여리고 무르기 직전인 그들"에
게 자본주의의 메커니즘이 강제된다. 재개발은 토지를 합
리적이고 효율적으로 이용하고 도시기능을 회복하기 위해
시행되는 사업으로 기존의 시가지가 노후하고 쇠락되어 발

생하는 도심공동화를 방지하고 도시 경제를 활성화시키기 위해 이루어진다. 이러한 재개발 소식은 시간의 더께가 차곡차곡 쌓여 형성된 오일장이 시멘트로 구획된 자본주의적 공간으로 편입되어야 한다는 것을 의미한다. 그것은 시인이 묘사한 노출된 몸과 몸의 활력과 살아 숨 쉬는 듯한 생활의 교류를 단순히 경제적 교환의 양상으로 전락시키는 것이기도 하다. "몸이 몸을 만나러 가는 길"을 박탈당하게 된 것이다. 우리가 알고 있던 세계가 거부되고 더는 발붙일 곳 없이 한순간에 시멘트로 굳어 버릴 위기에 우리는 어떻게 대응할 수 있을까.

이에 대한 섣부른 대답은 당위적이거나 윤리적이기 쉽다. 그런 이유로 우리는 결렬된 세계의 양상 속에서 시간의 지평을 성찰의 사유로 확장할 수밖에 없을지도 모른다. "질 좋은 가솔린의 질주들 한복판에서/자꾸만 주저앉아 딴전 피우던"(「세녹스」) 오래전의 프라이드 밴처럼. 어쩌면 시를 읽고 쓰는 동안 이루어질 필수 불가결한 조건은 그런 것일 수도 있겠다. 속도의 세계에서 멈춰 자신과 자신을 둘러싼 존재들을 실감하고 그들을 잠시 살아 내는 것 말이다.

그러니 문성해 시인에게 사진사의 출사, 낚시꾼의 출조, 화가의 사생이나 시인들의 산책은 존재의 실감을 가능하게 하는 순간이자 그로부터 깨닫게 되는 시의 본류라고 할 수 있겠다.

이 모든
발바닥들의 궁극 목적지인
밖이라는 것

이 들끓는 목적들을
다 품어 주는
이 밖이라는 것

멸종한 공룡들 발자국과
톱사슴벌레 화석들도
밖에선 다 한 식구였지
다 나가서 이루어진 것들이었지

(······)

이 밖이라는 것

어디를 다 싸돌아다녀 봐도
결국은 도달해야 하는
이 나라는 것

—「밖이라는 것」 부분

"낡은 구두의 시인들"이 산책이 도달하는 지점은 외부

세계를 관찰하고 재현함으로써 은폐된 사회적 문제를 폭로하는 데 있는 것만은 아니다. 어떠한 목적도 밖은 다 품어 주듯이 그저 밖이라는 것만 목적이 될 수도 있다. 무목적적 순수함의 심층이라고 이름 지을 수도 있겠지만, 사실 외부의 대상과 관계를 맺어 다시 '나'에게로 도달하는 과정의 요구가 '나'를 '밖'으로 이끄는 것이다. 이러한 시적 주체의 모든 행동은 대상을 경유하여 '나'에게 돌아오는 영원성을 담보하고 있다. 어쩌면 시인의 존재란 그런 것인지도 모른다. 저 밖의 "그 길고 촘촘한 낙하"를 통해 "묽고 비린/비의 현신"(「버섯」)이 되는 것처럼 말이다. 그런 이유로 '나'를 중심으로 수렴되는 시간의 축이 저 밖이라는 공간을 전유하여 "결국은 도달해야 하는/이 나라는 것"으로 구현되는 것이야말로 시의 본류인지도 모르겠다.

문성해 시인의 시를 읽는다는 것은 밖으로 나가 사람들의 뒤태와 마주하는 것과 같다. 숨길 수 없는 뒷모습에 비친 그들의 진실과 내밀을 감각하고 그로부터 우리를 끊임없이 재규정하는 기회를 갖게 되는 것이다. 그러니 "나의 뒤에 내가 모르는 한 사람이 붙어사는 일"과 "나는 그를 위해 밥을 주고 잠을 주고 노래를 주"(「뒤태」)는 일견 평범해 보이는 행위가 개인적인 삶의 토대를 단단히 하는 것을 넘어 '나'와 '너'가 유사한 방식으로 삶을 공유한다는 인식으로 이어지는 것, 그리고 이러한 인식이 '우리'라는 삶의 양태로 나아가리라는 것은 자연스러운 일이다. 이는 「내가 너의 이름을 부를 때」의 호명에 반응하는 "자석 같은 끌림"이 서로가 서로를 절대적 환대가 가능한 삶의 관계로 충만해질 수 있다는 것을 보여 준다.

결코 혼자 살지 않았네

한때는 환했던 기억이 어느 순간 한 떼의 울음이 되어 존재한다. 그 울음의 밑은 서늘하지만 '나'는 그곳에서 주저앉거나 멈춰 있지 않는다. 그 울음이 다시 지금의 '나'를 만들었으며 그늘의 서늘한 기억이 오늘을 이끌었다(「울음 나무 아래를 지나다」). 그 과정을 혼자 감당하여도 부족함은 없겠지만 귀신이 함께하며 시간과 공간을 나누고 있었다 해도 무관하다(「혼자 먹는 밥」). 삶의 지속은 언제나 '나'에게 있으며 이를 감각하고 충만하게 만드는 것도 '나'로부터 비롯되는 것이기 때문이다. 물론 '나'는 여전히 "쌀 한 톨을 두고 대치하는"(「바구미를 죽이는 밤」) 전선으로서의 생활을 감내해야 하는 상황이어서 고단한 삶을 이어 간다. "가도 가도 따뜻한 방과는 멀어졌"(「서설홍청(鼠齧紅菁)」)던 최북의 사연처럼 초라하고 궁핍한 삶이라 하더라도 시인은 삶의 지속을 긍정한다. 순무를 갉아먹는 쥐 그림이 최북의 사후에도 삶에 대한 알레고리로 남아 있듯이, 그리고 죽은 화가 대신 꿋꿋이 남아 있는 흔적들이 시간이 구축해 놓은 삶의 총체로 이어지듯이, 문성해 시인의 시적 사유는 불안을 돌파해 삶의 현재성을 구현해 낸다.

　　나는 오늘
　　가을볕 속으로 빨래가 물기를 털어 내는 걸 바라보면서
　　그러고도 내 습진을 내다 말릴 수 있게 넉넉함이 남아도는 이 볕이 좋고
　　헛헛한 위장 속으로 수제비를 같이 흘려 넣을 가난한 식구가 있어 좋고

　　볕이 처마를 오지게 지지는 오후가 되어서는
　　늙은 염소처럼 우물거릴 수 있는 햇고구마가 있어 좋고
　　오늘은 큰놈에게 안경 해 줄 돈이 품에 넉넉히 있으니 더욱 좋고

　　그러고도 더 좋은 건
　　일생에서 가장 높고 맑은 날 중의 하나인 오늘이
　　아직도 이마 위에 두둑이 남아 있다는 것이다
　　　　　　　　　　　　　　　　　　　　　　　—「처서」 전문

　앞서 인용한 시들과 비교한다면 급작스러운 전환처럼 보일지도 모르겠다. 현재에 대한 긍정적 인식이 충만한 이 시의 배면에 놓인 것을 살펴보면, 앞의 시들의 연장선에

놓여 있다고 할 수 있다. 기실 문성해 시인의 시가 재현하는 삶의 방향은 참혹과는 거리가 멀다. 앞에서 살펴보았듯이 시인의 시 쓰기는 과거로부터 이어져 온 시간의 흔적을 톺으며 시인의 정체성을 환기하는 방식으로 이루어진다. 메타시로 읽힐 시편들이 이번 시집에 꽤 많이 포함되는 것 역시 시 쓰기가 결국 삶에 대한 사유에 기반을 둔 것이기 때문일 것이다. 아무리 절망적인 상황이더라도 생을 다해 주어진 시간을 만끽하며 자신을 태워 시를 써야 한다는 의지가 시인의 존재 조건을 이루는 것처럼 보일 정도다.

　일상의 고단함이나 생활의 곤궁함은 여전하지만, 그것이 삶의 불안을 야기하게 만들지 않는다. 시인은 처서의 볕을 만끽하고 그 시간을 온전히 수용한다. 시인의 단단한 내면이 견지하는 현재성은 우리로 하여금 삶에 대한 전면적인 재구성을 요청한다. 이 시를 읽는 우리도 그 볕을 고스란히 받는 경험을 하게 된다. 먹먹함은 여전히 남겠지만, 그 감정에 매몰되지 않으리란 확신을 준다. '나'가 아직 남아 있는 오늘을 긍정하듯이, 우리 역시 영속된 시간이 선사하는 순간을 긍정하게 되는 것이다. 이를 문성해 시인의 견고함이 주는 위안이라고 말할 수 있으리라. 우리가 삶의 옴팍옴팍한 무게로 인해 주서앉지는 않을 것이라는 확신과 함께 말이다.

시인수첩 시인선 038

내가 모르는 한 사람

ⓒ 문성해, 2020

초판 1쇄 인쇄 2020년 9월 3일
초판 1쇄 발행 2020년 9월 11일

지은이 | 문성해
발행인 | 강봉자·김은경

펴낸곳 | (주)문학수첩
주   소 | 경기도 파주시 문발로 214-12(문발동 511-2) 출판문화단지
전   화 | 031-955-4445(대표번호), 4503(편집부)
팩   스 | 031-955-4455
등   록 | 1991년 11월 27일 제16-482호

홈페이지 | www.moonhak.co.kr
블로그 | blog.naver.com/moonhak91
이메일 | moonhak@moonhak.co.kr

ISBN 978-89-8392-834-4 03810

「이 도서의 국립중앙도서관 출판예정도서목록(CIP)은 서지정보유통지원시스템
홈페이지(http://seoji.nl.go.kr)와 국가자료공동목록시스템(http://www.nl.go.kr/
kolisnet)에서 이용하실 수 있습니다.(CIP제어번호: CIP2020034756)」

* 파본은 구매처에서 바꾸어 드립니다.

* 이 책은 2019년 아르코 문학창작기금의 수혜를 받아 발간되었습니다.